Ciel ! les Martiens !

Ces trois textes, dont les titres originaux sont
Tutto comincio con un cocodrillo, *Il principe Gelato* et *Il mondo in un uovo*, sont extraits de *Gip del televisore e altre storie in orbita*
© Maria Teresa e Paola Rodari
© Rue du monde, 2004, pour la traduction française

ISBN : 2-915569-02-9
Maquette : BHT + K.O.
Direction éditoriale et artistique : Alain Serres

Ciel !
les Martiens !

GIANNI RODARI

Traduit de l'italien par Roger Salomon

Images de Bruno Heitz

RUE DU MONDE

1

TOUT A COMMENCÉ
PAR UN CROCODILE

Le 23 mars dernier, à dix heures du matin, j'étais seul à la maison quand on sonna à la porte. J'allai ouvrir et me trouvai nez à nez avec un crocodile.

Un rapide coup d'œil me permit de constater que le reptile portait sur les plaques réglementaires de sa cuirasse un complet marron, des souliers noirs, une chemise blanche à rayures bleu ciel, une cravate verte, un chapeau

foncé de bonne marque et des lunettes en écaille de tortue.

Sur le moment, je n'en vis pas plus. Non pas que je fusse ébloui par cette invraisemblable cravate, mais simplement parce que mes mains, comme mues par un ressort, refermèrent la porte avec un bruit sec et tirèrent le verrou.

En tant que journaliste, je suis habitué à rencontrer toutes sortes de gens, mais c'était la première fois que je recevais la visite d'un crocodile, et qui plus est, d'un crocodile sans rendez-vous.

« Que fait donc la concierge ? me demandai-je indigné. Ça ne lui suffit pas de laisser le garçon boulanger prendre l'ascenseur, chose expressément et sévèrement interdite par le règlement de copropriété ? Ça ne lui suffit pas de passer des heures à compter les éternuements de tout le voisinage ? Voilà qu'elle se met à laisser entrer même les animaux du zoo ! »

– Monsieur, chuchota derrière la porte barricadée, une voix passablement humaine. Monsieur, écoutez-moi, n'ayez pas de préjugés, ne vous fiez pas aux apparences…

– Je ne reçois que sur rendez-vous ! précisai-je avec fermeté.

– Oui, oui, bien sûr, mais j'ai vraiment besoin de vous.

– Je l'imagine aisément. Toutefois, je vous conseille de choisir un autre locataire pour votre petit-déjeuner. Je suis maigre comme un clou et pèse cinquante-sept kilos tout habillé. De plus, il faut que vous sachiez que ma femme tient énormément à son tapis persan. Quand vous m'aurez mangé et que vous vous mettrez à pleurer selon votre habitude, croyez-vous que vous vous en tirerez comme ça avec ma femme ?

– Monsieur, laissez-moi entrer ; je vais vous expliquer. Je suis poursuivi !

– Je l'espère bien ! J'espère ardemment que les gardiens du zoo vous captureront au plus vite et vous remettront dans votre bassin !

– Je vous assure que je n'appartiens pas au zoo. Du reste, vous devriez l'avoir compris tout seul. Avez-vous jamais entendu un crocodile qui parle ?

– Hum… Non, dus-je admettre.

– Vous voyez ? reprit le crocodile. Cela devrait suffire à vous tranquilliser.

– Avec la porte verrouillée et un revolver

chargé, je me sens parfaitement tran-
quille.

Mon revolver, à vrai dire, se trouvait au
fond d'un tiroir de mon bureau, mais
mon visiteur ne pouvait pas savoir que
je bluffais.
– Je vous en prie, ouvrez-moi, je suis en
danger de mort !
Il y avait dans sa voix un ton suppliant
qui fit chanceler mon hostilité à son
égard.
– Attendez un moment, dis-je.
Je courus à mon bureau, pris le pistolet,
m'assurai qu'il était chargé et revins
dans l'entrée, en le tenant bien en vue.
– Ouvrez-moi, ou ce sera trop tard !
– Pour moi, au contraire, ce sera
toujours trop tôt ! répliquai-je
sèchement en ouvrant le verrou.

Le crocodile se précipita à l'intérieur, haletant. Je remarquai qu'il portait une grosse serviette en cuir. Je remarquai aussi que son veston était orné d'une pochette mauve et je faillis m'évanouir de dégoût.

– Merci, dit le crocodile en s'affalant sur le divan et en s'épongeant le front avec son horrible mouchoir. Je vous jure que vous n'aurez pas à regretter ce geste de solidarité. Ma compagnie est très puissante et n'oublie pas les faveurs reçues.

– Quoi ? Vous n'êtes pas seul ? demandai-je avec un léger frisson. Voudriez-vous par hasard me faire comprendre que tous les crocodiles du Nil ont débarqué en Italie avec mon adresse en poche ?

– Je ne viens pas du Nil, monsieur,

si vous permettez. Je viens de la planète Zerba.

– Je vois, je vois. Vous seriez donc, en quelque sorte, un crocodile spatial.

– Je comprends que cela vous surprenne. Je sais que chez vous les crocodiles traînent une existence paresseuse et improductive dans les fleuves ou dans les bassins des jardins zoologiques, sans se soucier de rien. Sur la planète Zerba, au contraire, nous autres crocodiles avons atteint, au cours des millénaires, un très haut degré de civilisation.

– Et les hommes, alors ?

– Chez nous, il n'existe pas de quadrupèdes de ce genre. La planète nous appartient entièrement.

– Mes compliments, dis-je. Je vois que vous produisez même de magnifiques cravates vertes.

– Nous en produisons de toutes les couleurs, déclara le crocodile zerbien, sans saisir l'ironie. En tout cas, moi, je ne porte que des cravates vertes. C'est l'insigne de ma société.

– Ah, vous êtes dans le commerce ?

– Je travaille pour la maison Zuva, qui fabrique une lessive pour machines à laver. Notre devise est : « AVEC ZUVA, LA SALETÉ S'EN VA. » Je me trouve justement sur la Terre en mission spéciale afin d'étudier les possibilités de placer notre produit. Mission d'exploration, vous comprenez ? Étude du marché local, des produits concurrentiels, des prix, et ainsi de suite…

– Je commence à y voir clair, l'interrompis-je. Les marques de lessive terrestres vous ont pris en chasse.

Peut-être ont-elles l'intention — en profitant de votre aspect, excusez-moi — de vous faire enfermer dans un zoo. Eh, les temps sont durs, cher monsieur ! C'est la loi de la jungle : tous les coups sont permis.

– Non, non, permettez. Aucun danger de ce côté-là, du moins pour le moment. À peine arrivé de la planète Zerba, il y a tout juste une demi-heure, je me suis matérialisé dans un grenier de cet immeuble.

Vous êtes le premier Terrien avec qui j'ai pris contact ! Par pur hasard, dois-je préciser, mais aussi par absolue nécessité. Le danger vient de la planète Morva.

Je bondis de mon fauteuil comme si je m'étais assis sur une aiguille.

– Vous n'allez pas me dire qu'il y a une autre planète gouvernée par des crocodiles ?…

– Hélas non, monsieur. Morva est dominée par une race effrayante. Et le pire, c'est que les Morviens produisent eux aussi un détergent. Un produit qui ne peut absolument pas se comparer avec le nôtre, j'en parle en connaissance de cause, moi qui suis dans la branche depuis vingt-cinq ans… Les Morviens s'intéressent eux aussi à la Terre.

– Apparemment, dans tout l'Univers, nous avons la réputation d'être de vrais cochons, remarquai-je avec une certaine aigreur.

Le Zerbien ne releva pas la remarque.

Il me raconta qu'il venait juste d'échapper à un guet-apens tendu

par deux Morviens.

– S'ils me capturent, je suis éliminé et la Terre est perdue.

– Vous voulez dire sans doute : perdue pour votre entreprise ?

– Perdue, monsieur, perdue. Vous autres Terriens ne connaissez pas les Morviens. De gré ou de force, ils vous obligeront à acheter d'effroyables quantités de leur lessive. Votre économie s'écroulera. Il s'ensuivra des famines, des guerres et des révolutions.

– Vous ne manquez pas de toupet ! éclatai-je. Apprenez, pour votre gouverne, que nous possédons d'excellents détergents terrestres et que nous n'avons aucun besoin des crocodiles de Zerba, ni des... Au fait, ces Morviens, c'est quoi, comme animaux ?

– Ce sont…

Un coup de sonnette impérieux me priva de la réponse.

– Les voilà ! chuchota le crocodile en bondissant sur ses pieds, au comble de l'agitation. Par pitié, cachez-moi !

– C'est peut-être le facteur, ou l'employé du gaz…

– C'est eux ! Je les reconnais à l'odeur. Pour l'amour du ciel, fourrez-moi dans une armoire !

– J'ai une meilleure idée. Déshabillez-vous en vitesse ; je vais vous mettre dans la baignoire. Elle est déjà pleine d'eau chaude : pour tout vous dire, j'étais sur le point de prendre mon bain, comme chaque matin. Je leur expliquerai que vous êtes mon crocodile personnel. Beaucoup de gens en ont un. Aucune loi ne l'interdit.

Allons, fiez-vous à moi ; vous n'avez pas le choix.

Le crocodile rougit.

– J'ai honte… Me mettre tout nu devant un étranger…

– Jésus Marie, vous croyez que c'est vraiment le moment de faire le délicat ?

Pendant ce temps, la sonnette continuait à carillonner.

Je pilotai le Zerbien dans la salle de bains, pris un air endormi et ouvris la porte en bâillant pour faire croire que j'avais été surpris dans un profond sommeil.

– Vous désirez ?

Devant moi, sur le palier, se tenaient deux dindons. Je les reconnus aussitôt comme tels, malgré le frac rouge qu'ils

portaient et le gibus jaune qu'ils enlevèrent pour me saluer.

– Vous avez l'habitude de recevoir la visite de dindons ? demanda malicieusement l'un des deux visiteurs.

– Seulement pour Noël, répondis-je. Bien rôtis, avec des marrons et de la moutarde de Dijon.

– Très spirituel, commenta le Morvien, mais peu convaincant. Du reste, le fait même que vous ne manifestiez pas le moindre étonnement simplifie les choses. Il est clair que vous nous attendiez ; donc vous êtes au courant ; donc le commis-explorateur de la société Zuva est déjà chez vous. Livrez-le-nous sans faire d'histoires. Prenez garde ! Si vous faites obstacle à notre mission, vous aurez des ennuis !

– Quel genre d'ennuis ? demandai-je en faisant semblant d'étouffer un bâillement.

Le Morvien numéro deux, sans répondre, se glissa dans l'entrée et commença à explorer l'appartement.

– Dites donc, savez-vous que c'est de la violation de domicile ? Où est votre mandat de perquisition ?

Le Morvien numéro un pénétra à son tour dans l'appartement, renifla l'air deux ou trois fois et se dirigea sans hésitation vers la salle de bains.

– Qui se cache là-dedans ? demanda-t-il en secouant la porte, que le prudent Zerbien avait verrouillée de l'intérieur.

– Mon crocodile qui prend son bain. Rien qui vous concerne.

– Tiens, tiens, votre crocodile ? Comme c'est curieux ! Et depuis quand les crocodiles, pour prendre leur bain, ferment-ils la porte à clef ?

– Lui, il le fait toujours. Il n'aime pas être dérangé quand il se lave. C'est un être pudique et réservé.

Le Morvien me jeta un regard foudroyant de son œil gauche. Puis il toucha la porte avec son bec et celle-ci tomba en cendres : il n'en resta plus qu'une cuillerée de cendres fumantes. Tel que je vous le dis.

– De mieux en mieux ! criai-je. Violation de domicile et incinération de boiseries. Ça va chercher dans les trente ans de travaux forcés !

Et qui sait tout ce que je n'aurais pas continué à dire, si je n'avais été distrait, à ce moment précis, par un spectacle extraordinaire : confortablement installé dans ma baignoire, un petit éléphant rose était en train de se gratter le dos avec la brosse à long manche qui me sert habituellement pour cette même opération.

Le petit éléphant barrit joyeusement en guise de salut, puis, avec sa trompe, il cracha un demi-hectolitre d'eau savonneuse dans les yeux des deux Morviens.

— C'est ça que vous appelez un crocodile ? demanda le Morvien numéro deux en s'essuyant les yeux avec son gibus.

— Non, c'est un éléphant, dus-je reconnaître. Mais il s'appelle Croco : c'est son nom. Il pourrait aussi bien s'appeler Jumbo, Doum Doum ou

Vercingétorix… Qu'est-ce que ça peut vous faire ?

— Prenons-le quand même, dit le Morvien numéro un. Cette histoire est louche.

— Laisse tomber, décida l'autre. Nous n'avons pas de temps à perdre avec les éléphants. Ce maudit Zerbien nous a possédés, mais il ne peut pas être allé bien loin.

— Et ma porte ? protestai-je en les accompagnant vers la sortie. Qui va me la payer, ma porte ?

— Envoyez la note à la maison Zuva, répondit le Morvien numéro un.

Je l'aurais volontiers étranglé, pour ce trait d'esprit extraterrestre.

Ayant pris congé des dindons, je courus à la salle de bains. La glace du lavabo

me renvoya mon visage : bouche bée de surprise, il avait en cet instant une expression idiote qui m'écœura.

Le fait est que le petit éléphant rose avait disparu.

Un nouveau coup de sonnette me fit sursauter.

– Que se passe-t-il encore ? hurlai-je, hors de moi. Je n'y suis pour personne : ni pour les crocodiles ni pour les dindons, ni pour les éléphants ni pour les rhinocéros !

J'allai quand même ouvrir. Le crocodile zerbien entra en courant et marmonna :

– Excusez-moi, j'ai oublié ma serviette.

– À propos, fis-je en l'attrapant par un pan de sa veste, vous ne deviez pas être dans la salle de bains, vous ?

– Le ciel m'en préserve ! répondit-il en frissonnant. Ils m'auraient attrapé ! J'ai grimpé au grenier en passant par la fenêtre.

– Mais alors, ce mignon pachyderme rose ?

– Que dites-vous ?

– Je dis qu'à votre place, dans la baignoire, il y avait un éléphant, que je n'avais certes pas autorisé à se servir de ma brosse !

Le crocodile s'effondra sur le tapis en sanglotant.

– Tout est fini ! gémissait-il entre deux sanglots. Je n'aurai plus jamais le courage de rentrer chez moi !

– Je vous en prie, expliquez-vous ! J'ai quand même le droit de savoir ce qui se passe dans ma baignoire !

– Cet éléphant rose est un agent de la

planète Zoka et travaille pour la société Zipp. De ces parasites, si vous saviez ! Ils nous laissent faire le plus dur.

Nous, nous découvrons un marché, nous préparons le terrain ; après quoi, eux, ils arrivent, ils vendent leur lessive à moitié prix, et toutes nos affaires tombent à l'eau.

Au comble du désespoir, le crocodile pleurait à chaudes larmes. Soudain, je réalisai avec horreur qu'il était en train de pleurer sur le tapis persan de ma femme.

– Misérable, regardez ce que vous avez fait ! Allez-vous en, et ne remettez plus jamais les écailles chez moi !

Il s'en alla en essuyant ses larmes avec son horrible mouchoir mauve.

Je le rattrapai dans l'escalier pour lui demander comment il se faisait que les dindons morviens n'avaient pas reconnu l'éléphant zokien.

– Il était déguisé, vous ne comprenez donc pas ?

– Non, je n'y comprends rien du tout.

– Les Zokiens ne sont pas des éléphants ; ce sont des léopards. Je suis le seul à connaître tous leurs trucs. Mais à quoi cela m'a-t-il servi, hein ? Adieu, monsieur, adieu.

Voilà. On a donné différentes versions de l'affaire, mais personne mieux que moi ne peut connaître la véritable origine de tous nos malheurs.

Tout a commencé chez moi, exactement comme je l'ai raconté.

Le reste, hélas, n'est que trop connu. Morviens, Zerbiens et Zokiens, oubliant leurs rivalités, se sont réparti notre planète. Désormais, qui la reconnaîtrait, notre bonne vieille Terre ?

Les Zerbiens se sont assurés le monopole de l'Europe et de l'Afrique. Regardez dans quel état ils ont réduit les Alpes. Il n'y a plus ni mont Blanc ni Cervin. Les Dolomites ont disparu. À la place de cette vénérable chaîne de sommets inviolables, à la place de ces glaciers orgueilleux et de ces vallées majestueuses, on voit trôner à présent, taillé dans la roche vive, l'odieux slogan : « AVEC ZUVA, LA SALETÉ S'EN VA. »

La nuit, quand il est éclairé, on l'aperçoit depuis la Lune. Publicité

interplanétaire, s'il vous plaît ! Il y a du nouveau dans notre galaxie !

Morviens et Zokiens ont appliqué le même traitement aux continents et aux océans réservés à leurs sociétés. La Terre entière roule dans l'espace, transformée en ballon publicitaire.

La nuit, au firmament, les étoiles se disposent de manière à former le nom du groupe intergalactique Zer-Mo-Zok, constitué récemment par des industriels des trois planètes jadis rivales pour lancer sur la Terre une nouvelle marque de cire à parquets. Le magnifique dessin de la Grande Ourse est brisé pour toujours, les constellations sont disloquées, la Voie lactée sciée en mille morceaux,

Arcturus, Antarès et Sirius réduits à jouer le rôle de points sur les i, et les étoiles répètent nuit après nuit, jusqu'à l'obsession : « AVEC LA CIRE PIRIPILLE, TOUT BRILLE, TOUT BRILLE. »

2

LE PRINCE GLACÉ

Monsieur Molteni (escalier B, troisième étage à gauche) était très inquiet : il avait acheté un magnifique réfrigérateur, marque Double Pôle, mais depuis deux mois il n'arrivait plus à payer les traites.

La société lui avait téléphoné : « Ou vous vous mettez tout de suite en règle, ou nous récupérons le frigo. » Monsieur Molteni, en milieu de mois, était déjà sans le sou et sans amis riches. Que faire ?

Ce matin-là, il contempla longuement son frigo, le caressa, lui parla comme à un être humain :

– Mon coco, je crains fort que nous ne soyons obligés de nous séparer. La maison, sans toi, va me sembler un désert.

Le frigo garda un silence glacial. Mais monsieur Molteni le comprenait bien :

– Eh, je le sais, ton devoir est de fabriquer du froid, pas des sous.

Ce même matin, madame Sandrelli (escalier C, quatrième étage à droite), ouvrant son réfrigérateur — un simple Pingouin sans roulettes — pour prendre une bouteille de lait, le trouva rempli de minuscules bonshommes : il y en avait même un assis sur un œuf. Ils étaient vêtus de combinaisons

argentées et portaient des casques transparents à travers lesquels on voyait leurs cheveux mauve pâle et leurs frimousses jaune beurre. Ils regardèrent madame Sandrelli de leurs yeux vert petit pois, sans bouger, à l'exception de celui de l'œuf, qui fit « bonjour, bonjour » en agitant la menotte.

– Ciel ! les Martiens ! s'exclama madame Sandrelli. J'ignorais qu'ils étaient si petits. Dites donc, vous, que faites-vous dans mon frigo ? Et toi, descends de cet œuf, tu vas me le casser !

Le mini-bonhomme, au lieu d'obéir, continua à saluer de la main. Madame Sandrelli, qui était une femme énergique, le prit entre deux doigts et le déposa sur une boîte de sardines.

– Martien ou pas, mets-toi bien dans la tête qu'ici, c'est moi qui commande.

– Fermez cette porte, vous faites entrer de l'air chaud, lui répondit une voix sèche et autoritaire.

– Quoi ? Quoi ?

– Nous venons d'une planète toute de glace et nous ne sommes pas habitués à vos hautes températures. Fermez donc cette porte comme on vous a ordonné de le faire.

– Alors ça, c'est un peu fort ! s'exclama madame Sandrelli au comble de l'indignation. J'aimerais bien voir que des extraterrestres viennent me donner des ordres chez moi ! Et d'abord, comment avez-vous fait pour entrer ?

– Par la fenêtre de la cuisine. Vous la laissez ouverte la nuit, par crainte des fuites de gaz.

– Ah, vous êtes bien informés.

– Parfaitement bien. Nous avons étudié vos habitudes pendant plusieurs mois, avant de procéder à l'invasion. Nous avons même étudié votre langue… Fermez cette porte.

– Et c'est justement par mon frigo que devait commencer votre invasion…

– Cela ne vous regarde pas. Sachez seulement que nous occupons tous les frigidaires de l'immeuble. Bon, maintenant fermez et fichez-nous la paix !

– Je ne ferme rien du tout ! Ou plutôt si, je ferme et je débranche, compris ? Je vous coupe le courant ! Je vous expulse, voilà !

L'un des menus bonshommes pointa un doigt (c'est du moins ce qu'il

sembla à madame Sandrelli) vers une chaise en disant :

– Regardez bien.

La chaise, vernie en blanc, devint rouge, brûla sans fumée et tomba en cendres le temps de compter jusqu'à dix.

– Si vous coupez le courant, nous incendions tout votre appartement.

Madame Sandrelli claqua la porte du réfrigérateur et téléphona aussitôt à la concierge.

– Madame Ernestine, savez-vous ce qui m'arrive ?

– Qu'y a-t-il, madame Sandrelli ? Le chauffage ne marche pas ?

– Il m'arrive ceci, cela et le reste…

Madame Sandrelli expliqua tout à la concierge. La concierge expliqua tout aux autres locataires. Pendant quelques minutes, du rez-de-chaussée au cinquième étage, ce fut un concert de portes de frigo ouvertes et refermées violemment : ici avec surprise, là avec terreur, partout avec force cris et exclamations confuses.

Monsieur Molteni courut lui aussi regarder dans son Double Pôle et, au milieu d'une foule silencieuse d'extraterrestres en combinaison argentée, découvrit un personnage un tantinet plus grand que les autres, vêtu d'une splendide combinaison dorée.

– C'est vous le chef ? demanda avec beaucoup d'intérêt monsieur Molteni, en retenant sa fille la plus petite qui avait déjà allongé la main pour s'emparer de ces magnifiques poupées.

– Je suis le Prince Glacé, répondit le bonhomme doré. Dans ma langue, naturellement, j'ai un autre nom. Mais peu importe : appelez-moi Altesse.

– Certainement, Votre Altesse, approuva monsieur Molteni. Votre Altesse compte-t-elle prolonger son séjour parmi nous ?

– Tout dépendra du temps, répondit le Prince Glacé. Nous avons besoin de neige fraîche pour faire le plein de nos astronefs. Dès qu'il neigera, nous repartirons. Notre intention était d'atterrir au pôle Nord, mais nous avons été surpris par une tempête d'air chaud.

– Alors vous désirez vous établir sur la Terre ?

– Au pôle Nord, je vous l'ai dit. De toute façon, il ne vous sert pas.

Notre planète est menacée par une comète qui pourrait faire fondre la glace et nous avons dû chercher un refuge dans ce secteur de la Voie lactée. Je commande justement l'avant-garde, composée de barons du royaume. Dès que nous aurons pris possession de notre nouveau domaine, nous avertirons notre planète et tous nos compatriotes nous rejoindront.

– Combien êtes-vous, Votre Altesse, si je puis me permettre ?

– À peine un milliard et demi. Nous tiendrons très peu de place. Nous ne comptions même pas vous avertir de notre présence au pôle Nord, mais les événements ne se sont pas déroulés comme nous l'avions prévu. Tant pis. Et maintenant, s'il vous plaît, fermez

la porte car la chaleur me donne mal à la tête.

Monsieur Molteni obéit, puis courut à la fenêtre : dans le ciel de février, bleu et limpide d'est en ouest, le soleil resplendissait avec une vigueur printanière. Monsieur Molteni se frotta les mains, satisfait.

– Inconscient ! ronchonna madame Molteni. Ta cuisine est envahie et tu t'en réjouis !

– Tu ne comprends donc pas, répliqua monsieur Molteni, que c'est une bénédiction pour nous ?

Mais ses explications furent interrompues par un coup de sonnette.

C'était un employé de la société Double Pôle.

– Monsieur Molteni, bonjour. Je viens

reprendre le réfrigérateur. À moins que vous ne payiez tout de suite vos traites, naturellement.

– Désolé, mais je n'ai pas un sou.

– Dans ce cas…

– Eh oui, enchaîna monsieur Molteni. Dans ce cas, vous devriez etc., etc. Seulement voilà : vous ne pouvez pas.

– Qu'est-ce que je ne peux pas ?

– Je ne crois pas que Son Altesse vous permettra de…

– Quelle Altesse ? À quel jeu jouons-nous, monsieur Molteni ?

– Venez, mon ami, passez dans la cuisine.

– Enfin, vous commencez à devenir raisonnable.

– Je commence, soit. Mais qui sait si je finirai ? Là est toute la question.

Monsieur Molteni ouvrit la porte du

frigo et s'empressa de s'excuser auprès du Prince Glacé et de ses nobles compagnons.

– Pardonnez-moi, Votre Altesse, ce monsieur…

– J'ai entendu, j'ai tout entendu. Nous avons nos systèmes d'écoute, mon cher Molteni. Ceci dit, ce frigo m'appartient et personne n'y touchera.

– Que signifie cette plaisanterie ? s'exclama l'employé en écarquillant les yeux. Qui sont ces nains cosmiques ? Qui sont ces nabots de l'espace ? Qui sont ces Petits Poucets interplanétaires ? Écoutez, monsieur Molteni, j'ignore quel truc vous avez trouvé pour ne pas payer ; mais je tiens à vous dire que notre entreprise ne s'est jamais laissé escroquer par personne, et croyez bien que des tas de gens ont

essayé, et des plus malins que vous. Quant à vous, messieurs les cosmonains de Blanche-Neige, vous êtes priés de vous installer ailleurs, par exemple dans l'évier : ma société entend rentrer en possession de ce réfrigérateur, et ce n'est certes pas une poignée de minuscules pantins qui l'en empêchera !

S'entendant traiter de pantins, le Prince et ses barons s'insurgèrent comme un seul homme. Mais la voix de Son Altesse domina les autres, avec une grande autorité :

– Monsieur l'employé, allez en punition sous la table et mettez-vous les mains dans la bouche, comme ça vous vous tairez !

Ce fut une chose simple et extraordinaire : l'employé des établissements Double Pôle s'enfonça les dix doigts dans la bouche et s'accroupit sous la table, face au mur, et l'on ne vit plus que son dos secoué de sanglots. La famille Molteni applaudit.

– Comment avez-vous fait, Votre Altesse ?

– Bof, bagatelle ! L'enfance de l'art. Nous avons étudié votre cerveau et nous savons comment nous faire obéir. S'il vous plaît, refermez la porte. Au revoir.

– Au revoir, Votre Altesse. Toujours à vos ordres.

Maintenant, madame Molteni n'avait plus besoin d'explications. Elle courut elle aussi regarder le ciel et se frotta les mains.

– Espérons que le beau temps durera, conclut-elle.

Pendant des jours et des jours, effectivement, le soleil continua à briller dans un bleu sans nuages. La nouvelle de l'invasion des frigos s'étalait dans tous les journaux. Les gens dévoraient des articles interminables dans lesquels on rapportait point par point les conversations entre les Barons Glacés (c'est ainsi qu'on appelait désormais les envahisseurs) et les savants terrestres accourus de tous les coins du globe. Mais, comme d'habitude, les gens s'intéressaient plus aux menus détails. Ils voulaient savoir ce que le Prince mangeait à son petit-déjeuner (un simple sorbet,

mais différent pour chaque jour de la semaine : le lundi au citron, le mardi à la fraise, le mercredi à la myrtille, etc.) ; ils recopiaient les recettes que madame Sandrelli se faisait donner par ses hôtes (des recettes de glaces, bien entendu, toutes plus délicieuses les unes que les autres) ; ils prenaient parti pour monsieur Molteni à qui la société Double Pôle avait intenté un procès en justice.

Du matin au soir, devant l'immeuble de la rue Mac-Mahon, une immense foule stationnait dans l'attente de nouvelles.

– Le Prince Glacé a encore reçu quarante demandes en mariage.

– Il paraît que même la fille de la concierge est tombée amoureuse de lui.

– Les Barons Glacés de l'escalier D,

premier étage à gauche, ont eu une indigestion de beurre…

Quand le Prince accepta de faire une brève déclaration à la télévision et que le monde entier put ainsi le voir, les demandes en mariage arrivèrent par milliers des cinq continents. Mais le Prince fit savoir qu'il était fiancé à une jeune fille de son pays, nommée Min Mun, ce qui signifie « Glacière en fleur ».

Finalement le ciel se couvrit de nuages gris, les bulletins météorologiques annoncèrent que la neige était proche, les Barons Glacés retirèrent leurs astronefs des tiroirs à légumes où ils les avaient rangés, en bas des réfrigérateurs, bien à l'abri sous les feuilles de salade, et commencèrent à les astiquer et à les préparer pour le départ.

Monsieur Molteni redevint inquiet. Au tribunal les choses tournaient mal pour lui. Il allait bientôt se retrouver devant le douloureux dilemme : ou payer les sommes dues, ou perdre son frigo. Un matin, en ouvrant la fenêtre, il vit les rues et les toits couverts de neige fraîche.

« C'est fichu, pensa-t-il. Je veux être au moins le premier à annoncer la nouvelle à Son Altesse. »

Mais le Prince était déjà au courant.

– Je sais, je sais, dit-il. Nous avons un système pour voir à travers les portes des frigos. Nous avons déjà ramassé la neige fraîche sur le balcon, nos astronefs sont prêts.

– Bon, alors, adieu, murmura tristement monsieur Molteni. Et en lui-même il voulait dire : « Adieu frigo. »

– Mais non, sourit le Prince, comme s'il avait lu dans ses pensées. Vous n'avez pas de souci à vous faire de ce côté-là. Regardez plutôt.

Et il montra à son hôte une feuille de papier sur laquelle il avait écrit de sa propre main, en grands caractères (qui sait comment il avait pu s'y prendre, lui qui était si minuscule), la déclaration suivante :

J'AI BIEN DE LA CHANCE D'AVOIR
BÉNÉFICIÉ
DE L'HOSPITALITÉ
D'UN RÉFRIGÉRATEUR
DOUBLE PÔLE.

J'AFFIRME, ET DÉFIE
QUICONQUE D'AFFIRMER
LE CONTRAIRE,
QU'IL S'AGIT DU
MEILLEUR RÉFRIGÉRATEUR
DU SYSTÈME SOLAIRE.
SIGNÉ :
LE PRINCE GLACÉ

— Vous verrez, poursuivit Son Altesse, avec une pareille publicité, la société Double Pôle oubliera non seulement vos traites passées mais encore celles à venir. Considérez que le frigo est à vous et que vous n'aurez pas à débourser un centime.

Et il en fut ainsi.
Voilà pourquoi monsieur Molteni, chaque fois qu'un de ses amis a des

ennuis avec des traites, le réconforte en
lui disant :

— Ne t'en fais pas, tu peux compter sur
les Martiens ! Compte sur eux et bois
de l'eau fraîche !

3

LE MONDE DANS UN ŒUF

Bonzigue était un paysan déjà d'un certain âge, veuf et sans enfants. Il vivait seul dans une maisonnette juste à la sortie du village.

Sa compagnie, c'étaient les poules dans le poulailler, le porc dans la porcherie et un âne dans l'étable. L'âne l'aidait à travailler son lopin de terre. Le porc ne faisait rien, mais Bonzigue savait que tout ce qu'il lui donnait à manger lui serait un jour rendu sous forme de jambons, saucissons et saucisses.

Les poules lui pondaient des œufs.

Un matin, Bonzigue alla justement au poulailler prendre les œufs frais et trouva dans le panier un œuf d'une étrange couleur verdâtre.

– Ça, alors ! ça ne m'était jamais arrivé ! marmonna-t-il entre ses dents.

Les vieux, souvent, parlent tout seuls.

– Un œuf vert ! Je parie que c'est la Gloussette qui l'a pondu. Cette poule me donne du souci depuis quelques jours : elle a l'air égarée, comme si on lui avait fait peur. Un œuf à coquille verte… pour un peu, il faudrait presque le faire écrire dans les journaux.

Il prit l'œuf et l'approcha de son oreille.

– Allons bon, qu'est-ce que c'est que

cette nouveauté ? Un œuf qui bourdonne comme une machine ? Veux-tu parier que dedans, à la place du jaune, il y a un moteur ?

Il rangea les autres œufs dans le buffet, posa l'œuf sur la table et resta planté à le regarder, perplexe. Il le remit contre son oreille : le bourdonnement continuait.

Alors, avec une petite cuillère, délicatement, il cassa une extrémité de la coquille et enleva deux ou trois écailles, pour regarder à l'intérieur. Aussitôt, il le reposa sur la table, épouvanté. Et voilà que par l'ouverture commencèrent à sortir de minuscules bonshommes pas plus grands qu'un ongle, l'un après l'autre, au pas de course... Il en apparut d'abord dix,

puis vingt, puis trente... Tous portaient quelque chose sur le dos — difficile de savoir quoi — et certains paraissaient tirer derrière eux un objet, à l'aide d'une corde invisible...

En peu de temps ils occupèrent une bonne moitié de la table... Certains d'entre eux couraient par ici, d'autres par là, tel ou tel autre encore faisait le geste de frapper avec un marteau ou de scier une planche : ils s'affairaient en tous sens, rapides et silencieux. Mais quand Bonzigue se pencha sur la table pour prêter l'oreille, il lui sembla entendre un martèlement, des coups de sifflet, et même des voix sèches et aiguës.

« Ce sont sûrement les commandants », pensa-t-il.

Au bout d'une dizaine de minutes, les bonshommes avaient bel et bien fini de

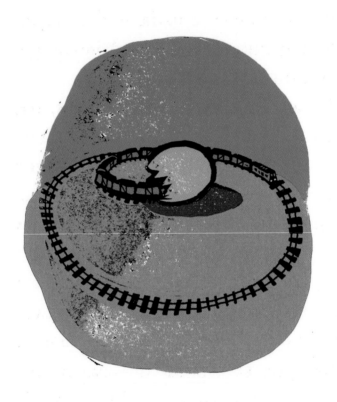

fabriquer une espèce de voie ferrée qui sortait de l'œuf pour dessiner autour une circonférence parfaite, d'un rayon de cinquante centimètres. Après quoi il en sortit un train.

Il avait une vingtaine de wagons, pas plus longs que la moitié d'une allumette. La locomotive (sans doute électrique car elle ne faisait pas de fumée) était encore plus courte, mais un peu plus massive. Le train roulait sur ses rails comme un jouet et s'arrêtait sans cesse pour permettre aux bonshommes de décharger les wagons. Bonzigue se rappela qu'il avait une loupe dans un tiroir. Elle lui permit de voir ce qu'ils déchargeaient : des autos à leur mesure, des bicyclettes, des tracteurs, des grues, des panneaux de maisons préfabriquées, des portes, des fenêtres, des meubles de toutes sortes, et des machines, des minimachines, des micromachines à n'en plus finir. Dès qu'ils avaient déchargé ces marchandises, les bonshommes les transportaient ici et là, comme s'ils avaient un plan précis, qui peu à peu apparut clairement aux yeux du brave paysan.

– Ma parole, ils sont en train de construire une ville sur ma table ! Et c'est qu'ils font ça bien !

Le train parcourait tout le cercle, retournait à l'œuf, y rentrait, en ressortait aussitôt avec un nouveau chargement. Pendant ce temps, de nouveaux bonshommes continuaient à débarquer. Bonzigue avait pu les compter tant qu'ils n'étaient que quelques dizaines, mais après deux cents il avait été débordé : maintenant ils devaient être au moins deux mille. Il en arrivait sans cesse d'autres, deux par deux, en groupes, et chacun d'eux devait connaître à l'avance la place qui lui avait été attribuée, car ils se dirigeaient sans hésiter vers tel ou tel quartier (mais oui, il y avait déjà des quartiers, et des voitures qui fonçaient dans toutes les directions, et des passants qui trottaient sur les trottoirs, et des gens aux fenêtres des maisons, et des enfants dans les cours…).

– Ah, bravo, de mieux en mieux ! continuait à marmonner Bonzigue en promenant sa loupe aux quatre coins de la ville.

À un certain moment, il s'écria :

– Pas possible, je deviens fou !

De l'œuf sortaient un troupeau de chevaux et, derrière eux, des chiens, des chats, des oiseaux, de minuscules oiseaux presque invisibles, plus minuscules que le plus minuscule des moucherons, qui se mirent à voleter entre les toits et certains même à faire leur nid dans les gouttières. Bonzigue, de surprise, laissa tomber sa loupe sur la table, heureusement en dehors du cercle, sinon il aurait écrasé pas mal de monde.

Les bonshommes s'immobilisèrent brusquement : le bruit de la loupe avait dû résonner à leurs oreilles comme un fracas de tonnerre. Puis, comme s'ils avaient reçu une communication rassurante, ils se remirent au travail.

– Dommage que je ne puisse pas

comprendre ce qu'ils se disent, murmura Bonzigue. J'aimerais bien avoir le fin mot de cette histoire.

Soudain, il lui vint une idée. Il s'arracha à sa contemplation, sortit, ferma la porte à double tour et alla au village chercher ce dont il avait besoin. Le marchand d'articles électroménagers en fut éberlué.

– Un amplificateur ? Un haut-parleur ? Un micro ? Pour quoi faire ?

– Pour écouter les conversations des fourmis, répondit sèchement Bonzigue. Ça vous regarde ? Dites-moi le prix, un point c'est tout.

– Ne vous fâchez pas ! Je suis là pour vendre, naturellement, pas pour m'occuper des affaires des clients.

Bonzigue paya, se fit expliquer

comment fonctionnaient ces engins et regagna son domicile avec son chargement, sans se soucier des gens qui se retournaient à son passage car ils étaient plutôt habitués à voir une pioche ou une bêche sur son épaule.

En arrivant chez lui, il eut une nouvelle surprise.

– Diable, je jurerais que les bonshommes ont grandi, ainsi que leur ville et leurs maisons ! Seraient-ils par hasard gonflables, comme les jouets en caoutchouc ?

La ville, désormais, occupait presque toute la table et les bonshommes avaient la taille d'une phalange de petit doigt.

Bonzigue disposa ses instruments comme il croyait avoir compris qu'il

fallait les placer, coiffa le casque de radiotélégraphiste en ajustant bien les écouteurs sur ses oreilles et se mit à l'écoute.

Maintenant, tous les bruits lui parvenaient distinctement : le bour-donnement des machines, le crépitement des moteurs, les cris des enfants qui jouaient, les ordres des chefs de chantier, le fracas du train qui sortait de l'œuf pour y rentrer ensuite, infatigablement.

– Allô, allô ! dit soudain une voix dominant tout ce vacarme.

À ce signal toutes les autres voix se turent, les machines s'arrêtèrent et le silence se propagea rapidement sur la ville entière.

– Attention, attention ! Nous allons prendre contact avec le Terrien.

Ne connaissant pas ses intentions, nous sommes obligés de nous mettre en état de semi-alerte.

« Tiens, pensa Bonzigue, ils veulent parler avec moi. Du moins je crois : le seul Terrien, ici, c'est moi… Au fait, et eux, alors ? Ce ne sont donc pas des Terriens ? Voyons, puisque c'est ma poule qui les a pondus ! »

– Allô, allô, reprit la voix. Nous nous adressons au Terrien qui nous écoute. Nous entendez-vous bien ?

– À merveille, répondit Bonzigue. Allez-vous enfin m'expliquer qui vous êtes, pourquoi vous occupiez l'œuf de ma poule, et si vous avez l'intention de vous installer définitivement sur ma table ?

– Avant tout, dit la voix, nous tenons à vous avertir que, malgré notre petite

taille, vous ne pouvez nous faire aucun mal. Ne vous fiez pas aux apparences : nous sommes capables de parer à toute attaque. Mais, de notre côté, nous ne vous provoquerons pas.

– Voilà une bonne chose, remarqua Bonzigue. Et maintenant racontez-moi votre histoire.

– Sachez que nous provenons d'une très lointaine planète, totalement inconnue des Terriens. Malheureusement, sur cette planète, les conditions de vie sont devenues terriblement difficiles au cours des derniers siècles. Notre soleil s'est refroidi, la végétation est morte, la glace recouvre peu à peu toutes nos villes. Pour sauver notre espèce, nous avons dû décider d'abandonner notre planète et d'émigrer ailleurs dans l'Univers. Vous me suivez ?

– Je vous écoute. Et j'enregistre notre conversation au magnétophone.

– Nous en faisons autant. Notre Comité de salut public, après avoir mené à bien les études appropriées, a trouvé cette solution : toute la population de la planète, avec les animaux survivants, les villes, les usines, les machines créées par notre civilisation, grâce à un procédé que je ne m'attarderai pas à vous expliquer car vous ne le comprendriez pas…

– Merci !

– … Bref, tout a été réduit à des proportions ultramicroscopiques et enfermé dans une graine de courge qui, projetée avec précision à travers l'espace, est venue tomber sur votre Terre.

– Ou plutôt dans la cour de ma ferme… Puis ma poule l'a mangée…

Puis elle a fait l'œuf... Et vous en êtes sortis...

– Précisément.

– Combien êtes-vous ?

– Très peu, hélas : pas plus de trente millions.

– Trente quoi ?

– Trente millions.

– Et qu'attendez-vous de moi ? Que je donne l'hospitalité à trente millions d'extraterrestres ? Croyez-vous que je puisse vous entretenir avec mon maigre lopin de terre ? Mes petits amis, je commence à penser que vous auriez mieux fait de rester dans l'œuf... Hé, que se passe-t-il ? Qu'est-ce qui vous arrive ? Où êtes-vous ?

Ville, machines, bonshommes, voie ferrée, tout s'était évanoui comme par enchantement. Sur la table il ne

restait que l'œuf verdâtre, avec son ouverture.

– Vous êtes là ?

Pas de réponse. Mais à travers la coquille, on entendait le même bourdonnement qu'au début. Et soudain tout recommença : de l'œuf sortit un bonhomme de la taille d'un ongle, puis d'autres, puis la voie ferrée, les machines, les maisons…

La ville fut reconstruite en un clin d'œil… Au bout d'une heure, la table était à nouveau entièrement occupée et la voix du haut-parleur se remettait à appeler :

– Allô, allô !

– Pourquoi avez-vous disparu ? demanda Bonzigue.

– Sans le vouloir, expliqua la voix, vous avez provoqué l'état de Grande Alerte.

– Moi ? Je n'ai rien fait de spécial.

– Vous n'avez rien fait mais vous avez dit quelque chose. Nous avons mis au point un système pour nous soustraire au danger. Comme vous avez pu le constater, il est infaillible, mais il comporte des inconvénients et c'est pourquoi nous vous prions de surveiller votre langage. Il suffit en effet de prononcer les mots « dans l'œuf » et notre croissance s'arrête net, nous retournons instantanément au point de départ.

– C'est commode, commenta Bonzigue.

– Oui et non. Il nous faut repartir de zéro, refaire tout le travail… Malheureusement, pour le moment, nous sommes entre vos mains. Voici nos propositions. Sur votre planète il y a des zones désertiques, complètement inhabitées, comme le Sahara, le désert de Gobi, etc. Avec les machines et les connaissances dont nous disposons, nous les rendrons habitables. Nous nous y établirons sans gêner aucunement les Terriens.

– Un instant, dit Bonzigue. Vous avez parlé de croissance. De combien pouvez-vous encore grandir ?

– Normalement, nous mesurons cinq mètres, mais nous nous adapterons à la taille humaine. Nous vous ressemblerons en tout.

– Et qui nous garantit que vous ne tenterez pas de vous emparer de notre planète entière ?

– Vous pouvez nous faire réintégrer notre coquille quand vous voulez. Désormais vous connaissez les mots de

la Grande Alerte.

Bonzigue, pensif, contemplait l'œuf verdâtre.

– Écoutez, dit-il enfin, j'aimerais faire une expérience.

Il regarda autour de lui, posa les yeux sur son chapeau accroché à un clou derrière la porte et s'écria :

– Chapeau, dans l'œuf !

Aussitôt le chapeau disparut. Bonzigue observa l'intérieur de la coquille avec sa loupe et y aperçut un minuscule point noir : pas de doute, c'était bien son chapeau. Il éclata de rire.

– Ça, vous ne me l'aviez pas dit, s'exclama-t-il.

– Quoi donc ? Nous vous avons tout dit.

– Mais pas que le coup de l'œuf marche avec n'importe quoi.

– Nous l'ignorions nous-mêmes.

C'est vous qui nous l'avez appris.

– Bon, bon. Il est possible qu'un paysan soit plus malin que trente millions d'extraterrestres. Admettons. Quoi qu'il en soit, si vous permettez, l'œuf, je le garde.

Cependant, les bonshommes avaient continué à pousser. Maintenant ils étaient grands comme le petit doigt de Bonzigue. Et il en sortait sans cesse de nouveaux.

– Il faut que je me dépêche d'avertir les autorités, affirma Bonzigue, sinon vous allez me faire éclater la maison. Écoutez ce que je vous propose : pour éviter des problèmes de transport — car enfin, faire voyager trente millions de personnes, ce n'est pas une mince affaire —, ne vaudrait-il pas mieux que vous retourniez quelque temps… où vous savez ?

Les bonshommes se consultèrent. Puis la voix répondit, avec un soupir mélancolique :

– D'accord, vous avez raison…

– Alors au revoir, dit Bonzigue.

– Au revoir. Peuple d'Azim, tous dans l'œuf !

Et sur la table, il ne resta plus que l'œuf verdâtre.

Bonzigue le prit, enfourcha sa vieille motocyclette et partit pour la ville.

Nous ne raconterons pas en détail son entrevue avec le gouvernement, la démonstration qu'il fit pour prouver qu'il n'avait pas inventé une histoire à dormir debout, son voyage en avion au Sahara avec un groupe de personnages importants, la remise officielle du désert au peuple d'Azim, qui avait désormais la taille humaine. Après quoi Bonzigue rentra chez lui, serrant contre son cœur une petite boîte rembourrée de coton dans laquelle il avait soigneusement rangé la coquille verdâtre.

– Avec cet œuf, ricanait-il, je vais pouvoir m'offrir bien des satisfactions.

C'est ainsi qu'il entreprit de faire rentrer dans l'œuf tout ce qui ne lui plaisait pas.

Un jour il disait :

– Tous les canons de la Terre, dans l'œuf !

Et les guerres cessaient comme par enchantement.

Un autre jour il disait :

– Tous les moustiques, dans l'œuf !

Et chercher un moustique, ne fût-ce

qu'un seul, du pôle Nord au pôle Sud, aurait été peine perdue.

Bonzigue ne créa d'ennuis à personne, car c'était un brave homme. Jusqu'au jour où, sentant sa fin prochaine, il pila l'œuf vert dans un mortier, le réduisit en poussière et répandit cette poussière sur son champ, pour être certain que personne n'en ferait mauvais usage.

Ah, j'allais oublier de vous raconter qu'une fois, peu avant de détruire l'œuf, il avait fait l'essai d'y entrer lui-même, en criant :

– Bonzigue, dans l'œuf !

Mais quand il s'était retrouvé ainsi enfermé dans le noir, il avait éprouvé une telle mélancolie qu'il en était sorti au pas de course !

Achevé d'imprimer en mai 2004
sur les presses de CCIF
à Saint-Germain-du-Puy (18) - France
Dépôt légal : mai 2004

Dans la même collection :

P'tite mère
Dominique Sampiero / Monike Czarnecki

Oh là là Lola
Clotilde Bernos / Olivier Tallec

Ce matin, mon grand-père est mort
Karim Ressouni-Demigneux / Daniel Maja

Les quatre saisons de Rose
Rascal / Nathalie Novi

L'enfant du zoo
Didier Daeninckx / Laurent Corvaisier

La libération des oiseaux
Bertrand Solet / Marcelino Truong

Il fera beau, Julot !
Anne Kerloc'h / Clotilde Perrin

La série Viva Fausto :

Le match de foot qui dura tout un été
Bernard Chambaz / Zaü

Le tour de France sur mon beau vélo jaune
Bernard Chambaz / Zaü

Les JO, les dieux grecs et moi
Bernard Chambaz / Zaü